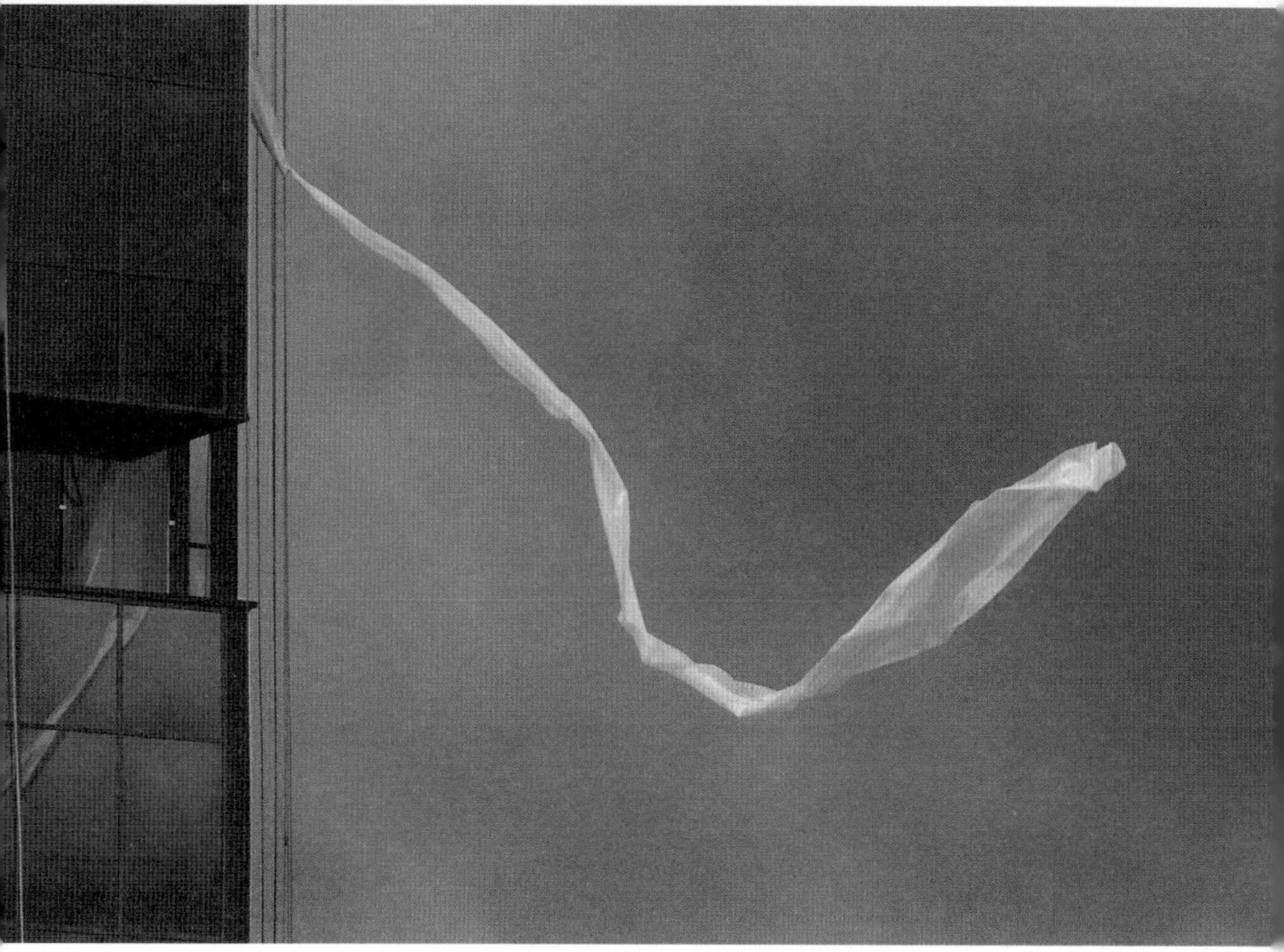

歌集

縄文の歌人

Jomon-no-Kajin

吉田直久

Naohisa Yoshida

現代短歌社

目次

I

写真　港　千尋
装幀　間村俊一

縄文の歌人

Ⅰ

平成十九年〜平成二十四年

蟬声

路地裏の子らの歓声時を経て人なき空にひびく蟬声

アパートの間《あはひ》に上がる小花火あはき僥倖《げうかう》抱きしめてをり

サッシュより忍び込むごと温き熱台風一過ひとり寝の夜に

眠らむと灯りを消せば天井に映し出さるるけふの残像

児はゲーム少女は化粧《メーク》の電車内われも打つなり携帯メール

一日を1500 Kcal《キロカロリー》と吾が決めてタニタの電卓傍らに食ふ

あな愛し小窓を濡らす霧雨の彼方に輝《て》りて東京タワー

秋天の陽ざしは清き水底の子鯉の群れを優しく照らす

日本的動漫歌

雷の雲の光の中を行き窓の翼のしきりに揺れぬ

わが乗れる機体の影は海面に青み増しつつ昏みゆくなり

広州の高層ビルの電飾は珠江の水に富裕を映す

菜刀《サイダオ》と中文《チュンウェン》繁き伙房《くあばう》よりクーニャンいくつ餃子を運ぶ

開催を国隆の証と誇る中国《くに》半世紀前の日本を重ぬ

2008北京オリンピック

をちこちの槌音高き工事場にだるくたなびく五星紅旗は

日中の政治家の思惑ともかくも若きは歌ふ日本的動漫歌

日本的動漫歌・・・日本のアニメソング

東京の街は暗しと華人の声通辞の言ふをわが背《せな》に聞く

*

スモッグの層を抜けきてやうやくに北京の青空わが旅の帰路

「四金蛙王」

傘を打つ雨の響きの軽き音銀座に買ひし虹いろ蝙蝠傘《かうもり》

水茄子の茶漬の塩味あの夏の記憶とともに舌に沁み入る

二〇〇八年の八月八日の午後八時この時中国は世界を抱《いだ》く

北京オリンピック開会式

燃ゆる聖火見つむる人ら「近代の超克」といふ言葉想起す

ゴーグルに電光映す北島を「四金蛙王《スーチンワーワン》」彼の民は呼ぶ

用水に迷ひ込みしか緋目高の前に進まず後ろに退かず

ひと夏の命の重さ手の平に湿り残せる蟬の脱け殻

陽光は確かに秋の長きものされど大気は未だ夏を抱く

磐梯

朝霧に名ごりの白き蕎麦の花水玉の露そこより生《うま》る

刈りし田に小春の陽射し藁を焼く煙ひとすぢ茫と眺めつ

木も岩も人慣れのせぬ峡谷を汽笛響かせトロッコ登る

霜を踏み長坂登る南部馬ま白き息に温むわが手よ

宿坊の音なき中に一人居りけふも雨かと呟きにけり

夢は時に記憶の瓦礫に灯を点す幼き吾は海に沈みゆく

霧に濡れ街灯映す石畳わが影法師あはあは滲む

人気《ひとけ》なき温泉街のともし火に湯気の虹の輪冬の近づく

スクランブル交差点

口腹の慾も乏しくなりにけり減量もはや二ヶ月数ふ

マンションを映して寒き早渕川鯉はね上がり川面を乱す

木枯しの吹き渡る橋をわが急ぎ老女《おうな》一人を追ひ越してゆく

窓越しの女《をみな》と三度眼を交はす並走電車抜きつ抜かれつ

人そして音も行き交ふ渋谷駅立ち尽くす吾もスクランブルの中

黙しがちに人ら見上ぐる夕空に白きもの舞ふ渋谷交差点

三十年会はざりし友と酌み交はす語ることあり語らざることあり

母を亡くし父を介護の君の肩師走の雨が優しく濡らす

消去ボタン三度押したり過去となる今年逝きにし友を偲びつ

人生とは流るる時間そのものかそれ以上でなくそれ以下でなし

またひとつ昭和とともに捨つるものブラウン管に言葉の遠く

師走のアヴェ・マリア

遠雷と紛ふ砲声富士の野に野鳥はしばし囀りを止《と》む

静寂《しじま》なる湖畔の道にひとりなり銀杏黄葉のしきりに降り来

一様《やう》に角度を持ちて緩やかに落ちくる朽葉影に耀ふ

今朝もまた葉書の届き喪に服す友の多きを知る月となる

いくばくか人の歩みの緩みたり書肆《しよし》再開の渋谷の一角

歩廊《プラットホーム》にひとりになれば頬を打つ雨に鉄砂のにほひ冷たく

孤を寄せて集まり来る若きらにネットカフェのココアの温し

アヴェ・マリア静かに流るる街を行く人らはやはき面をもてり

陽を溜むる朽葉に雀埋まりて啼き交ふ声は愛《かな》しみに満つ

偽りの瞳光らすマネキンの睫の雪の白さ寂しむ

冬花火

施設にて新年迎へし母の部屋「希望」の書き初め大きく貼らる

音消ゆる夜《よ》の底にゐて寒ざむと星降る空の音に近づく

尺玉は空を伝ひて響き来る微かなにほひ伴ひながら

信号はふいに黄色に明滅し日付変はるとき吾は立ちをり

床の上に頰をおしあて覚ます酔ひ未明の月の視線冷たし

新聞の抛《はふ》り込まるる音のしていつもの朝が蠢《うごめ》き始む

凜として川面動かぬ鶴見川冬枯れの木木逆さにならぶ

背後より靴音来り香水の匂ひ残して女《をみな》過ぎゆく

ネットの未来

告知受けふた月の朝君送る死はただそこに静やかにあり

加湿器の湯気ほそぼそと上りゆく年明けいまだ雨なき朝に

まなかひに怒気を溜めつつ教職に未練はなしと若き女《ぢょ》教師

六本の高圧線に区切られて我が街の富士凛としてあり

ベランダに葱摘む吾の肩に降る雨は今宵に雪と変はるか

年明けの寒さに耐ふるこの葱が赤絵に盛られ淡き香放つ

この波の最後に来るは何ものか指導者のなきネット革命

薄白く舗道は雪に塗られゆく午前零時の渋谷に立てり

暗渠

この街に降りくる雨の億兆の暗渠に落ちて地下を奔るか

景観のためと称してこの川は地下に潜りぬ五輪の年に

春の小川とかつて呼びたる足元の奈落を走る川よ応へよ

東京・渋谷

この川もまだ生きゐるや日の射さぬ水の澱みに鰌《どぢやう》一匹

物言はぬ闇の向かうの君かつて田圃うるほし子らを遊ばす

モーリス・ベジャール

桜色に水面《みなも》を染むる千鳥ヶ淵花びらは散る君の肩にも

平積みの『蟹工船』を手にとれる茶髪男子にピアスの光る

音そして文字の力も及ばざるか Maurice Béjart《モーリス・ベジャール》 の肉体言語に

〈これが死か〉 今冥界のベジャールの眼に映る景色知りたし

あぢさゐの花咲き染まる通学路この淡色に想ひ出づることあり

廃校になりて久しき校庭の棕櫚は今なほ丈を伸ばすや

冬に花夏に実をなす枇杷の木が鴉の子らの胃袋満たす

灼熱のアスファルトの上飛び跳ぬる二羽の烏の喉《のんど》の赤し

日の入りて乗る子の去《い》ねしブランコに飛びては遊ぶ一羽の鴉

水ゆらり木綿豆腐は樽底の絹豆腐へと光りつつ降《お》る

咲いてまた散りゆく花火乳飲み子の瞳に映し母の抱《いだ》けり

「受胎告知」

山里に日の入り早し菜畑《なばたけ》の蜻蛉の群れもいつしか消えぬ

草に寝て雲なき空をただ見つむ青きことのみ想ひ浮かべつ

ふとぶとと山伏の読経ここに満ち護摩の煙は高く広ごる

陽の高き宮古の浜に鳴るラジオ台湾歌謡の響く小節《こぶし》よ

昭和六十四年一月七日其の日午後ゲレンデは曇りて雪の湿りぬ

昭和天皇崩御

この前に立ちにし吾は十五歳再びに見る「受胎告知」を

エル・グレコ

振り返り吾を見据うる自画像のセザンヌの眼の光《かげ》にたぢろぐ

モネ・ピカソ・マティスの前に絵を描《ゑが》く倉敷の子らの顔の眩しき

大原美術館

浅間より未明に噴きし火の灰のはや吾が朝のベランダに降る

平21・2・2

けふはまたいかなる富士か冬晴れの家出づる間の朝の軒先

地下鉄のきざはしを抜け地上へと水天宮の参道をゆく

ナノの世界

内宮の荒祭宮《あらまつりのみや》は人まばら禰宜《ねぎ》の木沓に春の風吹く　伊勢神宮

ほの暗き隧道を抜け梅にほふ春日の中に一歩踏み出づ　奥吉野

日の入りて汽笛の海ゆ響きて鷗の声の微けくなりぬ

春されど草萌え遠し仙石原《せんごくばら》弥生の雪の森に降り積む　箱根

杉木立聳ゆる方を見上ぐれば北に向かひて鷺の飛翔す

菜の花の咲く丘くだり桜木の花咲き匂ふ小径に出でぬ

夜の明けに東方の窓開けみれば漁より帰る小舟一艘

四万倍とふナノの世界に色のなく瓢虫《てんたうむし》に吸盤の脚

菜の花と桜咲《はな》き盛る境目を紋白蝶は波描き舞ふ

乾く田に水行きわたり日日《にちにち》に蛙鳴く声重なりてゆく

渋谷午前五時

若き日の想ひ出手繰りひもすがらEric Satie《エリック・サティ》を聴きて微睡む

少年の成れの果なる鏡面の吾に今宵も擦り込むニベア

長雨は夕べにやみて帰り路の靴音しげき駅のきざはし

池に降る雨静かなり水際の菖蒲は近く咲く時を待つ

笹の葉の滴飲む様の人に似て蠅取蜘蛛の仕種かはゆし

脱皮とふ感覚いかに庭先の雨を吸ひたる蛇の脱け殻

雨にそぼち道に貼り付く紫陽花の水色を踏みきざはし登る

雨のやみ夕陽に障子照らされて音なき部屋のひと時染まる

海見ゆと呼ばれし丘の対岸の倉庫の上に鳥影《かげ》も無し

誰もゐぬスクランブルの真ん中に烏と見ゆ《まみ》　渋谷午前五時

夏富士に湧きいづる雲を下にみて成層圏は澄み渡りけり

イヴの夜の母

眼下の街に花火上がりて束の間の眠気払はれ行く中央道《フリー・ウェー》

訪ふたびに道路の増えて刈小田に声をしのばせ蟋蟀の鳴く

奥信濃・野沢温泉

日の陰となりて暗める道際の男神《を》と女神《め》触るれば温し

「お菜洗ひ」優しき言葉この街の湯もて洗ひし母らの呼びぬ

甘栗の匂ひに眼閉づるとき道にはぐれしわれは七歳

ポン菓子の匂ひに自づと聞こえしは現《うつつ》に遠く友の声とも

友をまた見送りし朝けふよりは死を自らの傍らに置く

机には煙草の焦げし跡ありて海鳴り近き開高健の家

茅ヶ崎・開高健記念館

人住まぬ土蔵の隅に鼠死にわが立つ影は壁に間《ま》延びす

時永く弾き手を持たぬオルガンのペダルを踏めばふうと息吐《は》く

花巻・羅須地人協会

イヴの夜に蠟燭ひとつ瞬けば遠き記憶の母の呼ぶ声

風

釣銭の十円玉のあたたかさ雪まだ残る道の駅にて

風すさぶ網代の街の給油所にもらふ釣銭魚臭をまとふ

幾百の烏賊の干物の吊るされて港に春の風やはらかし

ウェットスーツ形《なり》に乾さるる夕つ方潮の起伏の静もりてゆく

夜の暗き高尾山系岨《そば》道を振り向けば常に風の音のす

むささびの木の間を渡る気配して高尾の山の闇のしづもり

南天の葉の露に喘ぐ蟻一匹吾のほかには知るもののなし

六月の黒部のダムに風のなく飛沫しきりにわが頬をうつ

裡なる声

日ごと日ごと窓の景色に染まりゆく高さ半ばのスカイツリーは

一年に十分の時を先に行く居間の時計にわれの従ふ

ノブ留めの螺子《ねぢ》は緑の粉をふきて四年の時の過ぎゆくを知る

つややかな羽広げたる白鷺の胸にゆらぎて川面の光

倦怠の息吐《つ》く人と吾を乗せエレベーターは鈍く稼動す

叱責を与へし者と受けし者喫煙室に分け隔てなし

定年の思ひ込めたる挨拶状小さく感謝と文字の添へらる

噴水の止みて己のひとりあり代々木の杜に夕闇の濃し

その橋を渡らむとして立ち止まる吾なる裡の深き声して

石鹸一つ求めて帰るこの吾と同じ袋の少女と見《まみ》ゆ

夕餉どき母の呼び声応ふる子吾に暫しのやさしさ戻る

目薬を冷やして今宵も書を開く大型連休いざ明日より

低反発枕に頭委ぬればこの身に静か降《くだ》さるるもの

何事もなき

七日経て声の戻れる夕まぐれわれの顎髭いたく伸びたり
肺炎罹患

壁際のベッドの脇に溜りゆく塵紙のごとく気の沈みゐて

出欠の「欠」を囲みし青インク雨の飛沫に色の滲めり

君らしき送別の流儀われの名と同じラーメン宅配せしは

家を出でずハイビスカスの花拾ふ何事もなき一日《ひとひ》の終り

今宵の寒に

バスを待つ吾が影踏みてゆく子らの麦藁帽子の風にまぶしき

静やかに墓標に好きな酒注《っ》げば稲田の風のはや匂ひたつ

熊と相撲をとりたる様を身振りするマタギの長《をさ》の手指の太し

昼と夜のせめぐひとときき人群れは花火を待てり暗き橋の上《へ》

眠り浅きひと夜あけたり秋知らす細かき雨に遠き山鳩

廃校の運動場に湧き出づる蜻蛉《せいれい》すがし雨後のゆふぞら

通夜の家を出づれば雨の蕭蕭《せうせう》と今宵の寒に蟬は耐ふるか

渡らざる橋

鍵をかけ一人あとにす故郷《ふるさと》の庭にはや鳴くつくつくぼふし

屋根裏に置き晒したる運動靴《スニーカー》あの日の吾の忘れ来しもの

木木群れて木洩れ日乏し山坂のわが影のなき落葉《らくえふ》を踏む

雨の止み蟬のまた鳴く夕まぐれ友葬《はぶ》り来し街を歩みつ

電車待つ足元の影長く伸び鉄錆のにほひ仄かに流る

つり革を握る手の先遠き日に渡らざる橋わが想ふなり

川口《ぐち》に浮かぶ水母《くらげ》におのが身の中の危ふさ思ひ浮かべつ

静かなる自嘲湧きたるこの夕べ酒一合のはや胃に沁みぬ

3・11　東日本大震災

聞きしことなき音空と地を渡る三月十一日午後二時四十六分

唇を噛むこと多からむこの子らは小さき両手に水を持ちをり

終はりなき日常の果に訪れし朝の空は青に満たさる

四肢挙げて生を終へたる黒仔牛《こうし》カメラの画角かすかに揺れぬ

安否不明　data《データ》に吾が打つ十一文字「心配してます連絡下さい」

『やますげ』

わが街をゆたかに濡らす雨の夜一頭の蝶こころに放つ

脂身と赤身のせめぐ舌先に沁み入る酒のほどよき温み

二合飲み店出づるわれの足元の盛り塩の塩さらにま白し

雨蕭蕭《せうせう》午睡より覚めて雨蕭蕭　無為にし居れば窓の寂しき

目覚むれば色彩のなき部屋にゐて淡き自嘲のいよいよ白く

逢ふことのなきはずこの香持つ人は遺影となりて十日を数ふ

昭和とふ時代を遠くに運びゆく真空管より出づる歌声

『やますげ』の初版に色の鮮やかに筆勢若きたれか朱の跡　松村英一歌集

足に触れ肩に触れつつ紫陽花の小径は吾を古刹《こさつ》に誘ふ

ゆくりなく出会ひたる友吊革を持ちて兎のごとく目を閉づ

降り出でてをちこちの傘一斉にひらけば暗き眼に迫り来る

夏の底ひ

七月の風に洗はれ望む海千の棚田は穂の出づる待つ

見上げたる杉の木立に風のなく吾は立ちをり夏の底ひに

畑にて手に割り西瓜をくれし叔父梅雨戻りたる七月に逝く

親鸞の孤独鎮めし金泥の海に立ちをりこの現し身は

上越市・居多ヶ浜

夕やみに静けさ渡る用水に農婦がひとり鍬を洗へり

蠟の火

夏空を蹴り上ぐるごと野分吹き朝の堤の濡れて耀ふ

足許に咲くを知らでか息荒きJogger《ジョガー》 過ぎたり昼顔の美《は》し

釈尊と吾をへだつる蠟の火の揺るるが中に心静もる

半眼のまなざし穏しへだたりて猫は日なたに長ながとゐぬ

独り立つ樹齢千年の大銀杏木の温もりの深く凄まじ

吾が靴の左のかかと減り様の三十年間変はることなし

雨の香の匂へる夕べ患《わづら》ひの友の口端の翳りをおもふ

鬱を病む友のメールに今宵また同じ返事を丁寧に打つ

鍵

隣室の鈍き笑ひのしばしありてドア閉まる音哀しみを持つ

人のゐぬ部屋に今宵も帰り来て扉の鍵に寒は沁み入る

秒針を刻む音のみ凍むる夜の月影たより髭を剃るなり

笑みふくみ或いは憂ひ持つ人のたちまち吸はる改札口に

胃の重く車窓眺むる吾を挿む青のマスクにピンクのマスク

朝刊をめくる男を包みゐる逆光に舞ふ微塵《みぢん》みてをり

否定から言葉始まる同僚の机に溜めしガムの噛み屑

「ある種」とふ言葉を語りの先に置く衒《てら》ひ帯びたる君の口元

倦怠の鉛をいだく夕ぐれを冬の芝刺す時雨《しぐれ》の黒し

終電の多摩川渡る音かすかパソコンを打つ手もと留まる

「三月十一日」空白のまま留《とど》め置く新たに日記の箱を開けたり

横浜外国人墓地

新聞の濡れたるにほひ肺に入り日曜の午後を逃れきたれり

素足にて浜行く吾と砂を抱くつがひの鳩に春日あまねし

少年の茂吉に逢へむ風牙ゆる港の丘をさまよひ行けば

人気《ひとけ》なき外国人墓地の影深し朽葉に埋もるる石の沈黙

碑《いしぶみ》に1864の刻みあり果てて他郷の雨降りしきる

秋の陽を寂しむ吾の影の先鉄道技師の Edmund Morel《モレル》の眠る

エドモンド・モレル・・・明治政府に雇用され日本の鉄道の礎を築いた。
一八四〇～一八七一。イギリス生れ。

風通る白砂に己が影の濃く機体は遥か銀光纏ふ

高層の暗き視界に瞬きて星屑のごとヨコハマは凍む

逆さ富士

山の湯に病みやすき身は沈み落ち弛《たゆ》める中に満ちてゆく闇

宿坊の軒に乾さるる黒足袋の揺れの静けし風ある中に

両肩の雨の重さを身に知りてバス待つわれは傘を持たざる

汗冷えて塩と乾ける頭を上ぐる富士を映して湖《うみ》の動かず

蟬声のふいに小止みてこの富士の裾野いづちに砲弾の烈《れつ》

汽水の海

いち日を二つの鍵の開閉に終着せしめ時の過ぎゆく

古びたるエスプレッソマシン今朝もまた吐息の如き蒸気零せり

梅雨晴れの市場に求めしごま豆腐夏日を浴びて桶に静もる

繊毛に滴浮かべる白桃を深ぶかと切る梅雨明けの夜に

ひらめきを求むる思考の二十五年革の手帳の傷み寂しも

ベランダの向日葵の首定まりて広場の子らを静かに見つむ

手の皺を辿りて進む黒蟻が咳のひとつに歩みをとどむ

飼主を持たざる犬は従容と吾を追ひ抜く朝の堤を

砂を蹴る児等の声する彼方より眩しきまでに海迫り来る

八月の空にこの胸広ぐれば汽水の海は冷めて横たふ　宍道湖

サイダーのグラスに映し再びを来し海遠きあの日を眺む

拍を打つ音のひびかふ稽古場の日暮れて窓に幼ら動く
リハーサル室

波洗ふ船の彼方のスカイツリー静やかに立ち電飾を待つ

資源国に富の移転は加速され酒場通ひのわが足にぶる

君の訃

通知音明るく響きこの夏に笑顔をくれし君の訃を知る

死に水に口をしめらせ言葉なく夏の終はりの雨音を聞く

南天の照る葉にゆらぐ春の陽を患《わづら》ふ君と二人見たりき

線香の火の朱清し雨のなき八月尽日友は逝きたり

この夏の記憶を語れベランダに咲く向日葵よ種成す前に

酒と蘭と器を愛でしともがらの黒き墓標に一花を手向く

天神の四肢踏むごとく東方に雲の湧き立つ秋の午後なり

秋の夜の Bill Evans《ビル・エヴァンス》 の繊細は無機質の吾が居間に染み入る

Ⅱ

平成二十五年～平成二十九年

螺旋階段

一様《やう》のリズムを持ちて迫り来る螺旋階段くだる靴音

古びたるサウナルームに一人なり苦手な歌を聞かされてゐる

鈴の鳴るドアを持ちたる喫茶店探しに来たり原宿の街

店にある古き鏡の輝きてまぶしき中に巷を映す

己が身に小暗き悪を一つ見て『カラマーゾフの兄弟』を買ふ

やうやくに安くなりたる新サンマ食みつつぞみる中秋の月

徹宵の固き瞼にまどろみをしづかに広ぐ目薬一滴

今朝ふたつ無精の卵産み出しし鸚哥《いんこ》黙して卵を抱《いだ》く

聞きしことあらぬ言語のをちこちに浅草観音香に煙れり

夕時雨みな押し黙る通夜の径　牛歩牛歩の黒傘の列

微かなる苦味を持ちて菊酒は君と吾との喉《のみど》を下る

天空樹

鼻毛抜き稿に挟むと漱石のをかしきを知るその命日に

しんしんと雪積む夜は変ふること叶はぬ過去を壁に映せり

雪の朝バス待つ人等押し黙り傘の地蔵のごとく列なす

広ごりて芝に群れなす椋鳥の黒き小羽が冬の陽の中

静もれるMark Rothko《ロスコ》の壁画対峙せる我を包みて耳鳴り繁し

千葉・ＤＩＣ川村記念美術館

人寄する磁力持ちたる天空樹《スカイツリー》降《くだ》れば師走木枯しの吹く

重力より解き放たれてビル街の空に吸はるる雪かぎりなし

この弱き光はいのち孕むとふ声静かなり冬至の杜に

重力に抗ひ雪の湧き出でてほどろに海に吸はれゆくなり

完成を春に控へし地下駅は水臭き夜気に包まれてをり

午前二時吉野家に孤を寄せあひて都会を生くる明き寂寥《せきれう》

風の道

新聞を積みてバイクの音猛し気流裂きつつ朝の開かる

鳩時計の鳩はあやしき毎正時刻を告ぐるにカッコーと啼く

百二十六人の今も暮しのあるといふ海埋めし地に潮の風吹く

江東区晴海界隈

埋立ての街は夢見む七年後あまたはためく五輪の旗を

高層の街が成したる風の道明らむごとく風船の舞ふ

今もなほ除染進まぬこの街の児の居ぬ広場に嵐の騒ぐ

外遊びせぬまま園を終へし児ら赤鮮やかなランドセル背負《しょ》ふ

公園の除染終はるもブランコに児らの声なく斑日の射す

みづくらげ

見あぐれば海の底なり幾千の鰯の群れは陽の影に舞ふ

しものせき水族館

みづくらげは黒色光《ブラックライト》に照らされて星座のごとく青く浮かび来

磯浜に寄する白波砕け散り光となりて吾を抱《いだ》けよ

ほの暗き海に対へば若き日の夏の記憶の藻の絡み来る

八月の海と空との境目の青さ極まり冒すことなし

命あるもの

身内《ぬち》より血反吐《ちへど》噴きゐる現し身は幾多の手もて背中摩らる

喀血の身にシャワー浴びその後《のち》を一一九番自ら呼びき

胃から鼻へ鮮血赤く吸ひ込まれ血圧数値みるみる下がる

覚醒し臥するベッドの窓に見る無音の中に雪の降り敷く

床頭台《しやうとうだい》の古びし時計手の平に時の重さにしばらく浸る

文庫本の文字小さくてまた閉ぢぬ嘗て耽《ふけ》りし西脇順三郎《じゅんざぶらう》詩集

命あるものの哀れか回廊の蜘蛛の動きを目に追ひにけり

吾よりも少なしと知る漱石の喀血量は８００cc

冬の裸木

青空に枝広げたる樫の木に冬の日差しはやはらかに落つ

風速き浜の広らに鷗らはいづくに啼くや波に漂ふ

冬の海仄か明らめ日は沈み凪は佇む吾が頬を打つ

蠟の火を見つむる先の釈尊と吾と二人のしばし幻

波音の和《な》ぎたる浜に時の消え空より海に落つる星筋

ひそやかに雀眠らむ月影の夜空に延びし冬の裸木

大寒を過ぎたる今宵丸餅を水に沈めて白蕪を切る

ベランダに置くタロ芋の葉の強し今年二度目の雪を知りをり

屍　藏　かばねくら

雪洞《ぼんぼり》の水面におぼろ目黒川咲き初むる花四方《しはう》に匂ふ

さくら愛で歩きつかれて小料理屋一献の酒　花びらが朋《とも》

屍藏《かばねくら》転じて鎌倉名の由来知りて散る花なほにいとしき

Parker《パーカー》のキャップを嗅げば卒論に向かひし頃の想ひの出づる

開店を告ぐる楽の音《ね》それぞれに午前十時の駅の地下街

同じ舎に棲みて同時のバスに乗る白髪の男が堤を走る

夕つ日はデスクに入りてマウス持つ吾の拳に影を成したり

午前三時編集続きしばらくを渇く眼を懈怠《けたい》の覆ふ

坂登る心の鼓動は我がものかこの街に住みいくつ年旧《ふ》る

花火には弔ふ意ありと教へけるかの人逝きて文月ふたたび

加賀の菊酒

雨を吸ひ空気の緩ぶ街灯り濡るる靴下市バスを待てり

白粥は陽に照らされて菜のさやか昭和を終へて二十七年の朝

春嵐背を叩く夜を帰り来てひとり白湯にて鼻を洟《すす》げり

ゐろり灯に汲みし地の酒ふるさとに積む白雪の喉《のみど》を降《くだ》る

葭切の啼くふるさとの森深く振り向けばそこに夕映えがあり

花の下にビールごくりと飲み干しぬ定年明日に控へし君は

葉桜の下のベンチに座り居て数字少なきバスの時刻表

白つつじ咲く街道をバスに行く大型連休始まりし朝

欄干に蜘蛛等それぞれ域を占め広さ均しき円網《ゑんまう》からぐ

閉店の決まりたる日の銭湯の湯船の縁《へり》に顎をのせをり

遺伝子検査

午前三時帰ればけふもぽつねんと常なる部屋の常なる灯り

電源を落とせばテレビに埃浮き今宵うつつの吾と向き合ふ

二十年使はぬままの香水に戻る事なき来し方見つむ

けふもまた整骨院の戸を押せば吾を迎ふる骨格模型

地下鉄の扉の開きこの街のにほひ纏ひて人の入り来る

秋の陽の約《つづ》まる午後を噴水の水の頂点しばし留まる

封開き遺伝子検査の結果読む見知らぬ吾と向きあひながら

台風のあかとき過ぎてベランダに大きく傾ぐオーガスタの鉢

対岸の堤を走りゆく人ら陽炎《かげろふ》のなか遠近持たず

靴音を鈍く立てつつビルの間にのぞく青空男等は見ず

吾が知らぬ未来の吾を医師の診る輪切りされたる脳の断面

無縁墓

通勤のいつもの道を少し変へ紫陽花の咲く庭ふたつ過ぐ

友を送り黒のネクタイ緩めゐる朝の光の添ふ庭かげに

ベランダに生る茄子ひとつ煮る夕べ日はまだ明し吾の晩餐

屈まりてベランダに憩ふ鳩一羽けふは止《や》めむか朝の水遣り

うつうつと力無く鳴く法師蟬夏の翳りをすでに知りをり

花の無き墓の幾多に白紙の貼られてをりぬ「連絡せよ」と

ひと隅に集められしか無縁墓小さきものはより小《ち》さく見ゆ

口中に塩飴ひとつこの夏の吾に加はる習慣となる

潮匂ふ梅雨の晴れ間の石段に昼をまどろむ江ノ島の猫

「おや確か名古屋でお会ひしましたね」異動の六月　昇降機前

夜の空を見ぬ日常に長くゐて星座の名さへ忘れたる夏

オバマの折鶴

慰霊碑を背に立つ Barack Obama《オバマ》の徹る声彼の日の蟬の幻聴を聞く

誕生日の次の日が原爆投下日とふ折鶴二つ残ししオバマ

慰霊碑に立つ影深くその奥処原爆ドームの無言なる闇

棘ひとつ抜かれし思ひ眼閉ぢ被爆二世の吾の自問よ

この街の地表にひそむほろ苦さにほひ立たせて夏の雨過ぐ

愛宕山

金木犀ほのかに匂ふ駅に立つ吾の巡りに雨は冷えつつ

秋晴れの愛宕の山の石段を登り詰めれば無言の鳥居

年の瀬の日に照らされて枯枝の近きは白く遠きは黒し

くきやかに空の映れる川の面に冬木の枝の揺れつつおぼろ

鉄柵に四方囲まれ大仏の窮屈ならむ座禅を組めり

時間の海

新しき珈琲カップの相性を口元は探る三日目の朝

喉に沁みし震災の日のお握りと語りし娘母になるとふ

母国語を受話器に話す友の声吾の知らざる心をみする

噴水は五時定刻に静まりぬ憩ふ人なき水際の闇

イヴの夜を電飾仰ぐ若き等の華やぐ群れに吾がまぎれゆく

イヴの夜をいつものバーのドアを開け今宵最初の客と言はるる

ラジオ点け懈《け》怠《たい》の中に微睡むに夜の遠くに噺家の声

飴玉を二つふふみて寝入る身の奥処に響くＡＭラジオ

微睡みに夏の記憶の浮かび来て時間の海に船を出す夜

サクマ式ドロップス空にせし夕べ昭和九十年の師走近づく

雲のプリズム

晩春の雨降るひと日家ごもりアスパラガスを塩ゆでにせり

川の面の光のまぶし対岸にジョギングの人らゆるやかに過ぐ

青蛙飛び交ふ畦に円坐して有機農法の話聞き入る

いち日を青田に居れば鬱失すと港区育ちの百姓わらふ

頬を二つ蚊に食はれたる嬰児は何の夢見る梅の木下に

少しづつ赤き絵の具の足されゆく我の書斎の小さき窓辺

噴水の光に憩ふ雀らの時を恋ふらむ声のかしまし

マンションの最上階に住む君はカーテン持たぬ日日を楽しむ

陽の果つる高度一万くきやかに尾翼の彼方に雲のプリズム

雲の間を抜けて海面を照らす陽の斑《まだら》の光しばし愛しむ

ビルの間を縫ふ影すでに赤み帯び虎ノ門午後二時冬至近づく

ゆきあひの街

野ざらしの肘掛け椅子に陽の当たり人なき家は九年《くねん》を数ふ

寡黙なる母の清らに保ちゐし流し台には蜘蛛の巣張らる

「自己本位、漱石甘し」と十七歳《じふしち》の吾のノートにインクの青し

風呂を焚く煙棚引く山の辺に身を折り老いのひろふ栃の実

ほほゑみて手を取り合へる時永し路の道祖神《くなと》の目鼻うするる

人の声いつしか去りて窓の外《と》は冬日の褪せし庭のひそけさ

ゆきあひの街を歩けば夕ぐれの記憶に今も聖歌は流る

整然と頭《かしら》の並ぶ甘鯛に海に群れなすまぼろしを見つ

金沢・近江町市場

北陸の雨は気ままに肩をうち濡るる階《きざはし》われの踏みゆく

降るままに雪は校庭つつみゆく友らの声も記憶も遠く

カストロの訃

夜の酒に痴《し》れて買ひにし冷菓子が朝陽に溶けてテーブルにあり

煮浸しの秋茄子を食ふ休日の居間に入る陽の午後をふくらむ

午後三時手元のマウスに日の延びて冬の気配の吾にせまり来

実の熟れしトマトを独り煮る夕べ朱は鍋より部屋を染めゆく

三笠宮薨去《こうきよ》の稿を読みゐたるラジオの声は平成生れ

箪笥よりゲバラのTシャツ取りいだすカストロの訃の流るる夜は

式もなく墓も持たずに逝くことを決めたる三人《みたり》吾は知るなり

彼の日より四十六年甲高き三島の檄《げき》を聴くYoutube《ユーチューブ》

一年のはや過ぎ今宵書き込みぬ君の遺ししFacebook《フェイスブック》に

イヴの朝輝くまでの富士山をケーキのやうと児の呟けり

陽の入りて表参道交差点銀杏を踏めば渦なして舞ふ

永訣

冷えまさるこの亡骸は夜半泣きし嬰児吾を温めくれき

悲しみを抱《いだ》く閑なく刻刻と遺影を選び棺を定む

母を運ぶまだうら若き納棺師視線の先に冬枯れの野辺

永訣の朝に流るる Pie Jesu《ピエ・イエス》静もる柩　窓は雪なり
ピエ・イエス・・・死者のためのミサ曲（レクイエム）

押し黙る母のむくろは正確に六十分の炎を浴びぬ

火葬され骨壺一つとなる迄を冬の海原見つめて過ごす

海原を跳ぬる兎のごとくにか白波の立つふるさとの海

「ありがとう」母の口癖想ひたり苦労の果てにと今にし偲ぶ

母の逝き記憶の中の人となり死への怖れのまたひとつ減る

母の逝き程なく伯父を葬《はぶ》るけふ死は川のごと流れゆくなり

この年は幾度唱へし正信偈口耳に馴染む帰命無量寿如来

かの夏の首据らざりし乳飲み子が母になりしか如月の春

欄干の火影《ほかげ》の落ちて酒に痴《し》れ揺らぐわが身を川面に映す

ふる里

初盆を迎ふる墓標風のなく線香の煙去りがたくして

亡き人を迎へむ初の盆提灯遺影の笑みをやはらに包む

古き家に祖母がひとりに謡ひつつ石臼挽きし夕つ日の背よ

足裏の硬きは母より継ぎしものその母もまた祖母より継ぎき

あかつきの雨音やさし四歳の記憶の雨に響き重なる

雨に濡るる子犬の命抱きしむる吾の心音伝はるやうに

ふる里の商店街は人よりも街猫多しまどろみてをり

海に落つる陽の塊を吾が裡にしまひ独りのふる里を去る

縄文の歌人

若き日に求めし自由と今欲しき自由の落差　ふと笑ふなり

光降り風吹き渡る日曜のBrian《ブライアン》 Eno《イーノ》　聴かずともよし

朝に起き如雨露の水を注ぎつつ軽くなりゆく心のなじか

秋の気を押し上ぐる朝ベランダの蜘蛛の骸に霧の光りて

首筋をやはく打つ雨公園のベンチも今はわれのみのもの

肉球に金木犀の香をまとひ尾を振る犬に秋の運ばる

海の端《は》に立つ月青し人のなき港の船の白く揺れつつ

おのおのの孤独に黙しひしめきて吊革の手を秋日の照らす

電車降り木犀の香にのりかへる　妣《はは》の詠みし句脳裏にひとつ

*

土偶かなし文字持たぬ世の縄文の歌人の心ふとも思へば

随想　心を震わす

この二年ほど時間を見つけて縄文時代の遺跡や資料館に足を運んでいる。映画『縄文にハマる人々』に触発されてなのだが、研究者やライターにも会う機会があり、貴重で示唆に富む話も頂戴し、益々興味を持った。

昨年十月、念願の長野県茅野市の尖石縄文考古館を訪ねた。「縄文のビーナス」と呼ばれる土偶を観るためだ。十月の信州は既に冬の予兆があり、時雨の中の旅となった。

旅に携行した一書は『〈うた〉起源考』（青土社）。著者の藤井貞和氏は古代文学が専門の国文学者。歌人の藤井常世氏の弟さんといえば、なるほどと思われる方も多いかも知れない。畢生の一書で藤井氏が問うたのは、なぜ人は「うた」を詠むのか、そもそも「うた」とは何なのかということ。この根源的なテーマに記紀や伝承、『万葉集』『源氏物語』などの古典、更にはアイヌ民謡や琉歌、現代短歌など数多の角度からのアプローチを藤井氏は試みている。

訪れた尖石縄文考古館はある有名な土偶の展示で知られている。「縄文のビーナス」だ。五千年ほど前に作られたとされ、国宝に指定されている。ガラスケースに収められた土偶は思ったよりも大きく、展示室内の薄明るい照明に鈍く照らされていた。

縄文時代と「うた」の起源。この大部の著は縄文時代について直接言及しているわけではないが、藤井氏の「歌の深層に降りていく試み」は畢竟、日本文化の最古層にある縄文時代に辿り着くのではないだろうか。そう思いながら私は「縄文のビーナス」の前に立った。私の思索の問いかけに無論「縄文のビーナス」は無言である。

記紀の書物や万葉の時代よりはるか前史の縄文時代。人々は「うた」を詠んだのだろうか。当然この時代には文字は存在しない。しかしながら和歌や短歌の起源となる「心の叫び」を祖霊たちは持っていたのではないだろうか。

文学言語の発生を神授の「呪言《じゅごん》」に求めたのは折口信夫である。「巫覡《ふげき》（シャーマン）の恍惚時の空想ではあるにせよ、神が独り言を一人称式に言う。それが神言《かむごと》で、律文として繰り返されるところに、叙事詩の発生があった」（国文学の発生）。これを受けて藤井氏はその叙事詩の担い手として、村落国家の内部に語部が成立したのではないかとする。こうした存在は縄文時代にまで遡れるのではないかと筆者は思う。「縄文のビーナス」の前に立った時、そんな思いが脳裏を過った。

和歌から近代短歌、そして現代短歌。明治以降三十一文字の短詩形文学はそのあり方を巡って紆余曲折を経ながら現代に至っている。今一度〈うた〉の源流に思いを寄せ、そこから現在に回帰することが今必要であり、その結果我々が得るもののひとつに「心を震わすこと」の大切さがあるのではないか。

「時空を超えて歌は人々の行き来を見守る呪力を持ち続けてきた」と藤井氏。更には〈詩〉を内在させる短歌と現代詩の協働が依然として喫緊ではないかとの指摘は現代短歌の再定義を迫っている。

夕霧の中、私は尖石縄文考古館を後にした。

「国民文学」令和三年一月号掲載

あとがき

『縄文の歌人』は平成十九年から平成二十九年の間の作品から四二一首を収めた私の第一歌集です。年齢的には四十六歳から五十六歳の間、時期的には企業の組織に所属した後半期にあたります。

短歌を始めるきっかけはある番組との出会いです。幼児向けの日本語を学ぶ番組を担当しました。職業としたテレビ番組のディレクターからプロデューサーに職種が変わった時期で、映像以外で何か自分で表現したいな、という思いを感じていた頃でした。プロデューサーとして関わり、『万葉集』や『古今和歌集』などの和歌の古典を渉猟しました。番組を通して日本の古典の面白さを子どもたちに伝えることに意を注ぐなかで、三十一文字の世界に惹かれていきました。遠因には、亡くなった父親が十代から短歌を詠み、石川県小松市の実家の父の部屋には歌集だけの書棚があり、高校生のころ深夜に読みふけったことがあります。

歌集のタイトル『縄文の歌人』、おかしなタイトルだと思われた方も多いと思います。これは国文学者の藤井貞和氏の著作『〈うた〉の起源考』からインスピレーションを得たものです。万葉集の時代や神話の世界を遥かに遡った縄文時代。この時代にも「歌」や「詩」によって思いを伝えた人々がいたのなら、それはどんな人々だったのだろうと、自分なりに想像力が広がりました。その思いは巻末の随想「心を震わす」に記しましたのでご笑覧ください。第一歌集を上梓するにあたって、自分の短歌に対する向き合い方を一度リセットして原点に立ち戻りたいという気持もこの歌集名に込めたつもりです。「形容矛盾」の表現であることは承知していますのでご容赦ください。

今回の出版にあたって、掲載歌は新型コロナウィルス禍に世界が見舞われる以前の平成二十九年までのものとしました。理由は時々刻々変化する新型コロナウィルスとこの社会の対応、人々の心理の変化が現在進行形であり、歌が変化に追いついていけないと感じたからです。いずれ第二歌集でまとめた形にしたいと思っています。

今回の出版に際し、これまで短歌の指導を仰いだ国民文学の窪田司郎先生、編集・校正にあたり懇切丁寧なご指摘と助言をいただいた社友の吉濱みち子氏、仕事を縫って刊行準備をする私を根気強く待ってくださった現代短歌社の真野少氏、染野太朗氏、装幀の間村俊一氏に感謝いたします。最後に私を育てていただいた国民文学の仲間のみなさんにお礼を申し上げます。

令和四年四月三日

吉田直久

吉田 直久（よしだ・なおひさ）

1961（昭和36）年生れ
2007（平成19）年「国民文学」入会
2021（令和３）年より「国民文学」選者

日本歌人クラブ会員

現住所
〒223-0055 横浜市港北区綱島上町1-1 グリーンサラウンドシティ五番街802

国民文学叢書第五九三番

歌集 縄文の歌人

二〇二二年七月二十七日 第一刷発行

著者 吉田 直久
発行人 真野 少
発行所 現代短歌社
〒六〇四-八二一二
京都市中京区六角町三五七-四
三本木書院内
電話 〇七五-二五六-八八七二

印刷 創栄図書印刷
定価 二九七〇円（税込）

ISBN978-4-86534-395-3 C0092 ¥2700E

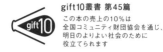